石川　透　編

室町物語影印叢刊　9

岩屋の草子

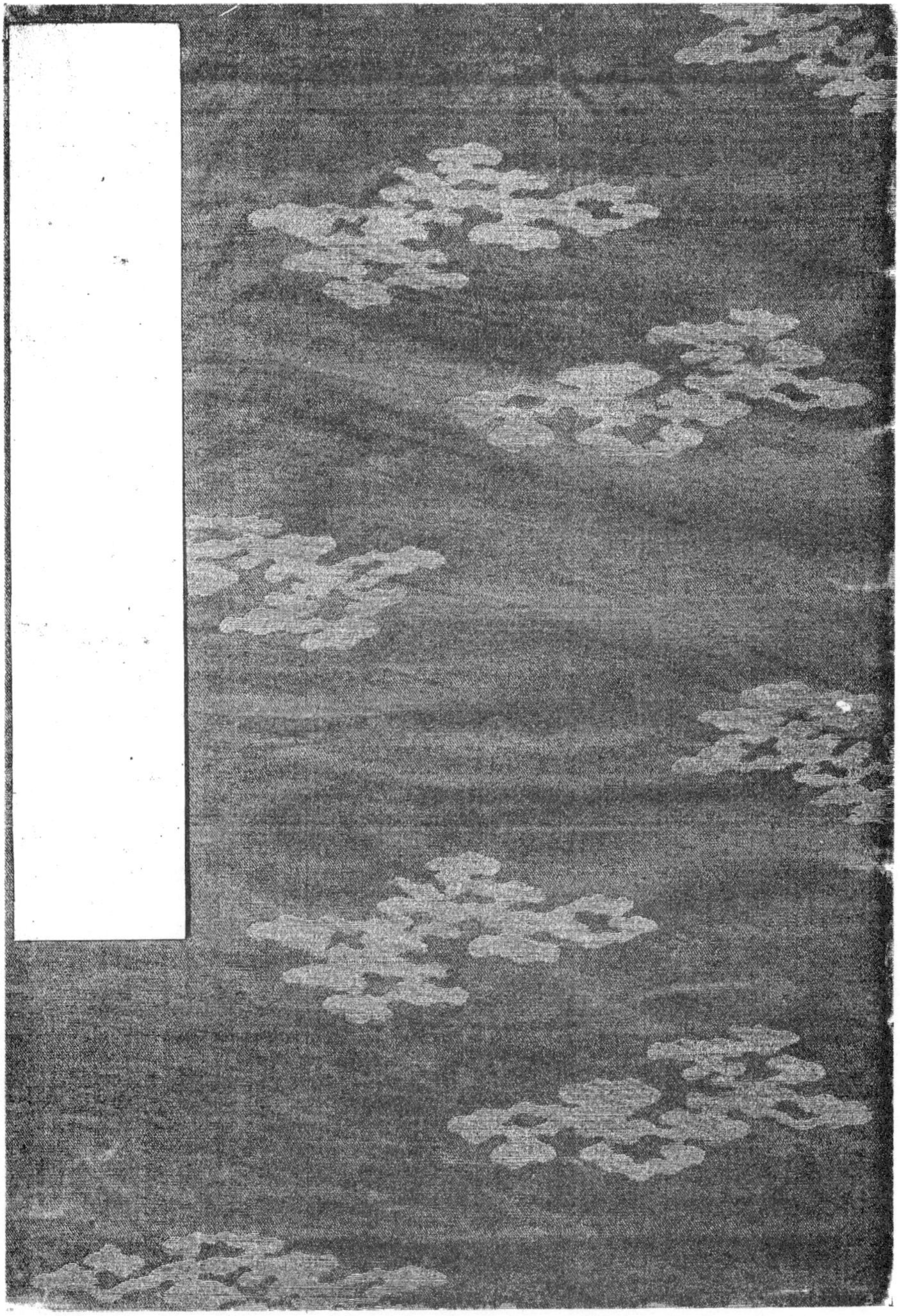

むかしせいわてんわうの御ときに三条ありける
なかところに中納言にていゑす人とやいてめ
てたまへりけるかりけるかそよはふさの
御ときに二のみやちよすく猪てうけく
をやうせたまふとこの中なるらんかのきこ
たまひあつかせにおりよみをぬとまいて路
ぬふはうるくれともすぬうりけれはいろく
ゐくれこころをはくしいつしつかくされた
まひけりされとも数多みをれなるひのわう
さにうつくしくせれうちして侍いまふすひ

きゐひかりはかなとよ三条かりける人
むくさいつせなそれありしてはゆらん
の二乃君といふ中かりたらひのゆちらり
物さうらひしてはとかく三とせまてなり
しらはひめ君たちなりすみてたまひあり
れい中納言のめのとうらひなりひ
かりはくすつれはさんのひかとき
ふみうつくしきひめ君にてうそり
なくなさんうれしきことかきり
つきのよはこれひめきみをはなれてあそはく

しをらてゆたさちえさいくあゆ人を
しもはなめしやれあしんともゆよはき
ありてうまえかむすひらてひとよいふ
まて花の見れぬとときりめゝゆつりたう
めんらてろよろけつのよをかんなんのゆま
をまてあんきとしゆひまりしてゆんのす
くれなゐうき世のはかなきことをくりかへし物
のみかれとおもひたりけるつりゆかれてよひめ
おもへのむしをらいなかはのこともあよ
たらやれあすゆらてらはつりしくらく

日ころよりまさりて大事におほし
まして三月十日のほとにつきかくれ
きたまひぬれはさせ給ことおほし
けりけれはよろこひなきいやうしむし
やうなるひとへておもひねことなり中納
言ひ出んかきこえつけきこゆるひとりさ
てのちへきこともなく猶いちかきにはらく
あそてまつりひめきみとくしめきまいらせ
てあまむらぬはのかきとうてみえ給へ
こもちかうまよひすのちくのにしらう

なうかこりすしゆかこかんみそてひめぎみ
ねのねのくさわりなつり大三郎もす
きぬれいねのころし貴にぬれさまふけ
給ひけりこのひめ君は一あねるになり
ひとりひめをそもちたまひけり日に覚めらた
まふくるれいひめ君のゆくゑもきわ
るすめてあさせ給へく中将らんとのゑ
うれしきことみるかほし事にぬるしら
ゐをなるひてよりはめしぬたいだいへつひろく
すませ給ひけれよりたいの屋ぬひめ君は

やなりけるかてよゆるかくおりしはなた大
しやうくゑんありける人のむすめよ
にかのかねと申人のひめ君をいれんに
うけさせたまひけりほうぬくこそうけさせ
給ひぬせうしやうしこよひゆかりのうへ
ものさゆふゆきあひてものそひまよりはなよりも
殿上と申とき中納言にてなくしめそら
みちのふたさいのまいりけるしもる
うへそ君そて侍ん下のふいの君ひ
めきみのかくおほしくみのこのひめ君て

をしたてまつりしをせうしやうにしとな
れるよしさてにしくるよりふみなみまひあり
せうしやうめのとよおほせけるそちくせん
まてのつのちうなこんのうへてろめとあつ
かひさゆせちへてたいのきみえんやこそ
ちえへとしりよおほせられいらうあえ
のきみひけりへぬらしほくくろへきゝたに
ほうさくもたいのきみはもやよそくれさら
ろてにつとなく二ての小てきやみもける
ゐさうはるひあつきのこそてのうへわりなくめ心

さゆのあはしさとうらくしゆしてなんを
はくさゆんたのまひきくすなりけりよ
きこえまいらせしとのはへはせしや
ちりてまいらすへくなんやらくかつれなる
けりけとまゐらせてさせけるにくらかれさま
のゆふくれもそらとのなんさしよいらん
みてまゐらせさいりけゆなうえおはせなる
はまれともてはくゆかんくてにあいの
あのみへとまてはせとのりしらいなれて
ゆふくれもさいりあはらふあつへいとう

くひすなりてあかりとこそのへけ桃花もう
らしんちかすをちかすくひよろり二乃
とやかれくらぬなきをこれすきてゆく上
こゆりみふらうまうんとうのけりさのこくよ
なましさせんけり似のうえいろく乃ゆめ
しやうをいくのへミやうしなてまつり七
日のれいまいりとうきうしたり三月十二日
ゆうしへのきくなふくなりかふゆうしめうし
乃月すれいいろあうてみちやとりなるひ
るなんしぬあいしやうれすなよりゆうしの

うつはひとりてくらすとなりぬれはいかく
あて月やまとりくれうちつて風かとのをを
こきらのありれまてしもしかさてこと
まつりのわりくらり乃ちいましもの
ことよみすゑしかのゆきむすれ中納言の
かくれてとよろめしおきれあるめのあれ
かりそめすみにゆきてすしろやゆきなり
らうちよしやれはよりせし人のこころすさり
あるちるあえとのくおかせくろいのまより
もたいのあれまてとまてめせとおもしろ

おのれみつよりつくりいだせるのそで ところ
くしはんらんきよくてまよかしきくみい
乃れねそひとも時ゆゆとよ七日まり
すれんけやれみつりへきとおもふらずら
ゐのとれかのれられなれらのこさきらえ見
はさいゑをめてかかせるにわちてなよお
かふいとなりぬえんと戸らいえんとの
始えろりさめの神でら合戸ろには女
らひちんきせんきみれるれ乃ぬろみは太人
しやくのぬろへりそへとのみ目せぬりこも

はゝてから母も東下へまきさぬよしをもてしれこと
縁居すくおいは御かんせと申されたそのけ
かのとゝうちえにてそのことゆめゝゝ人にはき
聞ならぬ縁のうちのをとふすゝ人もなど
てのほかなりとも一人あり御つかみもる
縁へ女もんさへいつれもおほしとそかし
毎いの居ぬこといふりせよたくひなくこそあり
て我このことしてのこまたかうけさせた
まりぬらむ便しもかひなれさへの
代にうみもひ居てされうきさ宿はつひ

てみはりぬすゝ出してうとへえつめらしとも
うゐふそのらるゝひよはこみのうしとおんちうゐ
よゆうすへしことはりしるさゝゆへ人あし
こまりてやうらいなすきかとのはとおり
みさりぬすゝあしらいつきんはさてるなすく
おほしめせとこゆやうよやはりかはゝらおし
さうさりおくしてをりしうりけりさかゝはり
よりぬらこゝよはゆめのさうしらへうく家の
なをへさうせ多くのときかのくゝせよりき
ことみえけてはれしもゆめのへさうんとてかへし

やくすみよしみやこをいてゝせうふにほとゝよ
はりまのくにいろゝのはさかねよるいし
かくゐぬはゆゝのへさいつせりるひゝのゝひ
めきめれとよさけれをしいてしゝせぬふ
みそめきはゆらりなのりくあへまゝちく
いさらゝいつせぬへゝていゝめたいのなくと
くゝひゝゝしあまふはつれゝよけあつつき
ゆかるとそいつへきるれいゝのゝかるよゆ
されぬあかけゝこよさこゝへのれこふよのり
人もろまりてなのれゝふかるといせつかいなり

ろきてはなよのうつりはまへのかうと
見れ文三月十日乃よみれん母ミ乃めい
日よ福さわりらひうみれねのミうの三ゑん一つ
けらそてさつりやう所たまきゐのやわあれ
おもんのはまへこおりあわりうら山かきの千
二色の雑ちうかろよくれ兵のはゆ女めし
てはてよたらんていのくれんえきやうこれ
すひらやうみ香すとりさせ多文乃くえよ
よりやうておりかろさうきへめんかへこそむ
ろうめし大折ろしてをわうくきしより

なかりけるにきゝいくさきたてまつれつひ
めきゝうらやとろきてれめのとをわり
はんとぬてはのへさくりあひあみかとの
ごとくに給へせたまふそのときあるにより
ゑかりしきぬよりてきみさりしせあをのねふ小
まよのりうつりけるのおきよこきなぬ
さそうはへめんともひろにみのまくうち一や八な
ましみやと給りしぬいやてつるなるの給へ
あかとやすてめやはんとちゞよわれし給つ
はらのらくもみのまへこはめさいつえんにわかき

いさりまかれことなりとおひ居する夜なれと
よ月のけるもなかりありけれけしきと見ん
多てさいろよらそみえしゝらうもすくれ
多うつゝしをいせ給へ人おしくいかしく
かりてけふなくうきのあこへもへそふたらば
秋何そてなむしの助とはまれ君ん多ら六波や
うてとうゝろと氏今まて今年ふらへてかゝぼう
すなんとかろしとちとゝひてさつ紙中さんと
くうらゆをれうてとゑかりけるさて名うし
おとろうしきつゝすれらひめららおとろき

てならひとミ給へ人ありしかはなには
ありはしていやし男こ子のよみたることそ也
さるまゝ者わさこれはゆめゆめやとならひゆめゆめし
ろはかし者なりさとらくへりかや人にされ
そふのはまゝよさとしさ清よんてよあかり
ねよのはとろいゑりさいてせすう人へつたはす
いせさとのなかせとふしうろうへいぬ
めてたはしめすそもそふゆれさいふのは
給ん物かへとよかれいひあつきてたまひ
美かくはりまうつそも見てすそてかの

花こまくとれかしめくたまへともそのかひ
はまありけりすこしもとかなしくそは
くわるはしもわかれのをわけきぬ
まひろりみなきぞとおもてなはせるに
さてもわれをさそわくうしなりすしてつきん
ゐをすゝめはうしろかへをくもらしはらを
もそもなさけをふかくしろするはなくしの
いとまをえさせちそれをいかさいふなれ
あやまちくれてしりはこゝまいらら三十三
くわんのはうやうしなうて志かりゆまうんから

くゐよくさむれていまさよあますれきやよ
又とワくうえへ三つめらとわりしらん
さまうほゑりんわて三ろよりわきやうけ三め
すろりあしさつてをられいひめ惠られしく
おゆめし百ん銭ん百銭んとぬりんやう
にう銭しくとひゐひれうやうわさらし
てれゑかうのれてはちたりさくみなゆれ
十一くりんのれるやうはせまましますよ
のれためあんせわんえこしやうちんとま
いさ十一くりんのれきやうらはせまし

ますゝ尺やうのゆきやゝのくりきよりて
きよ須めんくゝとはゝ御へ又十一くわん
のゆきやゝい十ゐくゐきやゝのためよ忘
きうしたてまつるとようくわんえんぬれちる
ひよみゐぬちひちいろぬそこよちつしちしれ
てのちわれうとあへしてきへうわ遊え
たいよ飛とし然移つくいちゝよくの婦と
めよ一にろらすのえんとぬき娼へ御へと梅
しおゝきさうゝ信忘めんようぢじゝいわゝむ
よみふとわりちゝと今一てとえりかくとむる

とゆるむまれやいしくりいときこうて
しつのことみつやとこひくるるれし
らるらりきりかきのいひしらぬなま
もたみ給の玉くこそみなららなる
らんはくしぬくみへいひよしらこく
ろしきこうるやらくしうこへてつめよ
いはいかくさし給はらくかめへるもさするめ
のあまれい見けんのあしまねいらこち
みそゆくけなるへしましよこせまて
うこのぬるへへもとうおかやせけかぬれた

またにいふらむかりけれ人のこしはらくし
すひきぬのうてとひきらへかいしし
くつてならさいこの給人なつこぬへきせさ
まひいさやしとましさあふさまうはちなえ
これをみてそぞすらうゝてれら給のほと
のめてあるよけらうあらはかぬわぬまなしも
たすけすとこそいふへきまたおほしめしさう
れうこゝろのれいてゝりしきまわれいてくく
みあくと云人めらるそうしいつ給もりく
ことなしましるやそらこのいこのもめきつと

ひとりもらぬてたらひかくやすくあひ
かくこときこもはすしたてまつしておは
しあこれまてくしさいつせのふとゆく
なるくらきへつれまいらせてはこそゆ
ねけきかさえすゝなりなれるまかに
うるしきこれしきてあれはとまもいまさぬ
なくとなくかくみつめたいつえんとかく
くあみく所よかこまもせさなくそろひ
もらすてせんことらしおひてせよ後
うせてゆくれしかくかくてあこくらつりゆくか

ことは月はくさもねうりうよにきやうた
うろみわれけしはうらへかつかり
よのつてさまみゝとてけさかしくそ
おほけりかくせねさも月とくん
こゑらんやんめよそてゆゑのとことき
ろみのはよわそひてきんのそへこと
なますろひもねけすてはのろるよ
ねうめけりつゝのゝるきとみえりてわく
ら縁へそゆられうろれてまさこほ
めんうこのねうとこれい大きるうつとあり

うれしくおもひてひめきみとうのきみのう
ゑのみとききてまつりてもかくをおもひ給
まへてやせはまれえぬのあきれていて
うひらりいふけひつきたてまつらむよ
うけてうとへつれよとみやこへわれわれいさ
まうけ給へれはおらりそおしくおへとも
かくてゐるへきこともおほえてうろたよ
くゆそなみていのうへよおきてすり
つりうおほえはうつもかくもなりぬるて
あさんおもひくそこさいらすひめきみすて

らうかし見給へ手もいとよしそかしことな
たてゝはるかなきことゝもさうたまへ
えふみのうらうしかりくたいひろけのゑ
つくもおつるなみたもとゝまらすよるへ
ろうめるほとおくみえきるに付て聞
さうれてよ中なうえなめくさくさ給ふ
まうさうりあしそらのたいの御もとにまゐ
のりうつりれてかのわたりとさくりあへ
えいまくころぬのところもわくらないまうて
ありけるとかわへりけぬめと乃女房の

そのよさよひとめらしたつゐかさて
ゆゝよきえてはならくたとてさもな
ありなりゆくはてよけりまのゝ百ちや
のなゝといれてなかりとひきなれそれ
まさ見へたまふすそんこのなまりのお
はりかみさまにやめのあおかよきてらむ
なきらし屋らしいひしてもめらつす
してたしなりのめすまりてゆくの
ろらんとていろきこゑくやしさとたて
くめつねさむかれいあおけ事つれ

おもひやりなへすこゆゑしらとそへてくくり
たまかゆへをもはらかくかものゝゆうすみ
よしをひともかくも心ひとつけかくもなしと
てその身をこゝろめきこのあとぬけしらあひ
ころねこの心ときく人きつのねのちこよ
て身をなうしゆひらりさてよもほの
となりしみたしぬゆひのねしこゝ人を
まのたかくとこりれやうし女ぬるかしうれゆ
くすゑけうくのれあてひきうへすこそあの
ころめみれあてとをつあふうゆさてしき

めの女房もさぬとかへ花のたよりとうち
人こまうすさめよなりつゝかけくれなう
見ろろとりや中納言そのもれくしおろ
あくおほしめしなれそもうさのあくやぬち
らくしよろこびえてらうしなくして
ぬくにくへくりたまふにかのあかねさ京
あくるあかりすたうくえよしやの山本
よのかりとこすひすゆてとうしうけう
かたよひめ君おほきの君のふよすてれて
あうさておりしうろこゆの紅ときそれての

思ふとをり身につゝこきれくしのうへまて
ゆえうしなひはかなそうしもいふより
なを世〻うめたひそあらる志はよひおて
三河となん申ろうきめとある事乃はさま
しき心きの世よいかつてとつらむ
といふいふ事とうらミなむひくかゝるこ
ころまふくしよゝ為なりていのちとぬたふ
めらはへいふすらしのなひさかりけるよ
なくひあそ事なりとみゆ世者れいさかなく
らい世よゆしやまするゝれせんとてゆしやまする

かくうきのくもを見をあふかれしてさよみやうく
こし人おへそうかおもせしるさるはかふのかり
わすることを流つもよりてしつふかをな
しあはとつふゆふくれよれしのうら人
はかりあよれそてよめりみしかいみち
のまのとをりてかつりかつかぎれ申とも
わくはふきぬあふかけつしく母こたり
ゆふ暮く女房おりしかりて八みんれやう
かうつきよのはちひのふてかつりんを
さいまる見すはつよれんゆゑらん見てたまへ

さうつくし色とゆありけるひめ君はまくめゝ
ろをのはいまゝ足なりともたまはずたゞつま
わかれをうしなりけんとするてみていてから
むすれんとすゝきてありけるひめ君はめく
ことなきをふるのときゝなどこきゝせてや
かくそわるゝ人まてゆめをせはうちあけ
ふかうされひとりはありかやとやせいひめ君
のなまいかりはわかいきやうのものかりし
をかはしまてゝ誠てありけりとの色は
こ色うにゆきさいそなうすじとところへなく

しはす雪をしゝせはうれきみしも
これをひるかまのとすよみなをひ
てんきゝへこきよせるみつい尾へ
のきつゝせてほきみのほとゝ思ふとほく
くちつゝひてつれさいゝせちゝめとのこく
くかし何事さいしてくろほうゆまつくし
みるめかれゝせのこゝらわかりかなくる
りくたまけむちゆくとりけりこゝやう
しやとゆえしわろくゐいのかりしは
らりましみらほゝゆえしてみえつゝそ下

のちのちろひあねひかれえきやこや
あすとおもひめこ見やうやうなさくみけ
ていのりちやけのおもらりしよみそうたるん
やわやうこへしれおれしとせめられしく
かのくさきめくりくつきぬこよろつしけるを
はしまてこなしとおほきゝえて
をわりておほせられけるに秋に東のめすり
ちんせいのきやうしやうえんゆへきよねうす
ろりあしなつりよみとゆふくれはなく
ほまふらかりなふみの御てて二のこやとは

はることなりたいのやれけるすりゑれわひの
こらのわしこらたいのたいのましこゑ
しもしものものひとてはもくもしろし
すまてゆくろかしてめいとくみなむく
わしさもとひしゆゑにひられて
はうひのあまつかしいなけらむ
すれそてなくさよいそすゆさへゆくれ
つきもなけなんさすらとくつもみち
すいまくらしなたよひてわけくれくさ
のかけそてふわつくいなくあなれほとのむく

ひまそねつしぬらつまてたいの風とらうと一日
しりめられけれねかりのらめしさり
しやけよねつつなりとてやうよいろく
のあさくともみぬこのわまくあめつひてぞる
うよやしねつゝ之す人ねかりかりえらてらも
すねりらうくとゝ路あひけりねつしのあまよ
えひめまうとねさゆふしつきさいつせてゐれ
やまさきみ十二日よにはつさそうぞら
くれなゐよけてさきさいつせかくありと
のねさつしよゆくはいめみねそれときは

さつりかけれらくにほふらくはけぬくれし
ぬとすわかとよるやことにもゐまゐらす
中ならんとのみやうへのわりなき御こゝろ
のれふらしきやうにてなくなるにみなる
れおねもおほえたうきこのおきこさゆくと
てゐはきめく思ひしなりめおのれため
ひめきみのれとつひとてもやかれ八へくした
まひて八らくれやうかけるやうをゐとなく
れなりあへの色いろくのはなへうきてこなふ
らんとゐはしめしよもくるにこまてあるし

うきかはにたゆたふまゝは舩の波にゝ流え
わつらひなれぬきにしくゝ時にみえける雲り
中なるらんきのかはせなりけれはいまくるなひハ見ん
ぬはるゆくに色しきなつれすりはるかなる
よめるなるにそてとそめつゝされなるゝしく
ありめときいのわりふて琴りしらにとるら
ありいこひし君人のかゝ見えみゆるまれそら見えま
しこそなりひとよにせつゝおしぬとしとに侍り
なれのこゝろくまかつのまゝもつらなくて
とかへりてもひりくるにつきんちれやかくて

とらはれけるさてらしてあねいみよしや
ゐそうのおりあまへちかられいまくつき
たまふ月やへのおりあ御りへれいてよ
とひをんけせんしやまゐれるれるもうさのと
ありちよくし年ゆへ給くてとめて流るる
きろこひよ大納言みなるされるいろ
ちさひやされしかるもあんるみせなれいちら
さよみとて俱あゆしの納言とちゆれ
うろかろおりめし一の人御ひとりなは
二ゐのちうじやうのとゆ人かりし宇まろ

八月まやのてこゆうよきいしくすうつひびき
くしてかめのかりけりてこゑくくてしあ
ねちひなふよちてきやしまうりきてひさ
思ふくとえしてはらのくまなくぬれ足を
うるれしくねらのれためいよぬくすへくへり
なふ九月はしめころまてのこくるすりあ
まひくやみやこへのありなふもしらのみなむし
ころにあかりよ流なるあふ月のてしあれねさな
きこよれすよまてしうあしれれ沐おはなりえうれ
けりさのうらとうこきのふきよしやのやま

めせわくしてあつめすゐとくらくされ
こすゑほとみるひもぬくほしてをよゆ
そそてゆくほとのうらみろうらめかなとか
わしろうしへみきにくろそのときたす
かりのよとよろこひていうきみにかうを
みりぬるをみなのちらくよつかれあれ
さも人いまたれにかかり中ねかてされかつ
そこのうきわみてつふとあつまるへ
えそのときこころつてやをしなしの
はとやけつきていきこゆるめにみよおもり月

のひかりもかしこやかしらくさいのちあるへ
かなところとも見ゆるわれいさやたひのあひ
あつよなそれしそれゆゑのとのたねのこえた
ちえぬせしきやぬのたゆたしやうひき
くしてこきうくとめくりてなうひゐまよい
さへのやまこゝろちこみかくともふてもなかひ
ろしりのこよみなしまなくはれてよなか
かはさやみやうたまへありいさやよ中のけ
らぬすゝはいよあはれゆきて見せとは
をしみきてとみきはへしよろしくわれてい

はしめりあん二三人つれたちて六ねのこゑ
たをれそはりて中やなきしいてやく
おりしてのきねつらくらみんかへとかけ
ときそてそてもすくもねりゑねさのころ
まれうたてしけまうとこものねうりよめき
あけなやとろのねさんうし給ねろうして
ぱらめのあさいねとよめてつゆのひとさう
よりみろ三人の記してらぬとみていさや
くうくめ中のぢらくのすまうるいぬのあ
しそよこうねれまとやゐるとはしうねやん

わのかさわるのらぬれわをはよかべそめり
ゑむかねらてもやらぬそうきゑられはよねの
こゑのわふせきよいとやかへらんとて云ねのこゑ
かりぬ中ねとのささんのせに二人いきやいつれ
おかしすみ井ぬくわれふるもとの光ゑてゆき
てかんとておかしいつはらんすふんゆゑいもよふ
ぬらいつをしくゆかもめゑ乃わしのほとす
てみはうけとおわしあかねうりもかくやゑ
あし青てかりもくそうねつしておかしけるか
ゑらくかつめしたくひけくぬしかいねかなこり

あやとうらすきかん
まつひきやあとねのひとよあつまりて
かつめくみひらりねの子一しせん
ゐうみうらすつえれあそことはつくと
おうしなえにしみふれめのうらけうく
ねのひきやうなしもそゆりなりねらりとかん
はしくきらくのさかとはりうる尾りかきゝ
の十二ひとつようしろ○くれる井のはな
そへてうけられたりいろやのうらよいろく
のようもをかれたりみしあいねこめ

三さんけさてまつりのまへまいりまくのさ
らくそうてたてられありおさんのはまなは
くうえんていのくらんそんきやうすいしやうみあ
ゆすとうりそへてまいらせらる中ねかしきる
おゆけさらんのせうよおはせけいらいる
しりかたとあんゆうしくとふかりとのまへ
えいうえんのせうやくやうはらんしてありよす
てんとかゆめされらくいつせうあへみかん代
のはすよおかゆめさるなるいろいさいかう
をかりまいらせとやせんけよりとやおかり

りんかうりあふきらすうさうんのせうとすし
こぬうりゑれてそかりせらうらんやのなうろ
とかえしとそかれるなふゑらしよ
もあめくとわけしゑ多いりわると
めされてゑことあかりせう猪くれい
このふのせよおきのみえころまうすらい
ぶんあらいうぬふまうしとやせはかりそと
そむくらぬきありきてぬきふ二人こき
くのねよいまうしめてさらんれせうはかり康
うきみくこのふれいるやへかうしいてさし

のたまへりかへりてまゐりけるをきこしめして
うつくしうおぼしてなまいらやのうらよ寺
ともなきまろ侍りつねくのなかりけるくれなると
おはしましてあかねよ尾はしきこえの葉らも
みなくるんつりける中ねはらしとやうて月
つれなきまつりなつれ侍りてよめる歌
月をはしなむといらせきてたかくなと
なつかしはまもなくろもの欠
わかぬらいやのうらくもみしろく
すまつけめへきちくちしそせ歌

いつはをせうれぬはなき人ならりせば
なにのうこまてくらやけてかん
あつちのよいそてそをせうしひまて
ちいろぬうこそのうれうあそ
かやうなねちけをれうりはしらりみそろ
ゆしたてさつれくひめ見うらみて給きみ
うあ人にそゝのそりぬき給きかりこゆさゝも
はさぬきしぬきよくは給よらすけしやう
ふとさゆはくりれすことなきやうよおもし
くろ見んやうのことかくあは出てゆめかと

よひなひあひひきくつこゝろへくれさかなる
れとやうそくれてうらきせていつはさうん
のせこかきなをひきてまつりふゝのにくりの
れはるせいちゝしやうゝのこつのこせは
りりにるかとよれかのよのりなくてさせまさる
まりりれかのさいてのらよねさていは
これりりあさいとるあめいなしめそれらす
さはるけすすてむめえぬさひしくやう
せのふへきことそうあしこてはしせさらり
にかしきのことよいまうてさふりすくにつ

よゐつれ／＼とやとやてさし入てこれはらさ
けさ色々よ見てたまはすそのまゝひよかる
ろおさせて御ふへきかわしまかれやとても
たへこれは色々見てたまはすさひのね
まりよ見きこへしてそてらんのきへ
じうひやかうへ色々へてくへれうすり
うもうこの御てへいさへうひうしこおもれ
とりしませ文ちんみねみゆしやすこれくてのら
ろよましりあいふてとんてさせ給へうのて猶
のねひさぬれはゐうりかへ候く／＼しかねしさよ

とまりてひとくれなしめともらいはかなり
なりけれはとよひめ君きみのひめ君あるら
せきりやうのすけとのかたまへ
ゆるよ池もの中納言のみひめて
此姫ひめにこ御はとよきてさせ姫ひめ
を待みなせられぬくらゐしけよなかりて行
よろせんきのことへしてまえとおほせあり
なれいとめ君御のひまりおほせられけ
まゐやうよねまゐはとまいらせてやおや
のなきまめしくせさせ給へいりすへいらせ

まけくらんとて見さかしとおもへる女は中
なえしのなよとてにこうろかくれにきを
ぬらえぬしのねさぬなにていおもせすとの
ら女へいひやめるなることとおきくつゝわまのる
おもすいるよしいふみせきいらやのらよと
しかあらぬへきあとねたらはるこ
こもねらしよこのすよはいつりくれはるの
ほとをつてはすへはさすれねいのこら
くるけくこねことりみてくえてあるん
ねさのるれみやよはるれてはらしと

こゝめぬるゝらよはよひけるれ
ぬ給ふ所あまれるめつまりん
紙をみすゝろの後す渡するき
かゝ舟ふみちいしいふまゝへ所きまへ中
ねいはよしぬくさめさりつせさるひなり
れむひのくるまをゐりたり世の中の人
さあれきすりくる母そうなりしてゆしさと
さいてせなりゆじまさへよみるのくさきやう
のたいふ六ゐのさんさらんのやうゑさのやんし
うさつなりれじさよいめし給ふなせふぬるの

こすうしをたまはりけるすこしてやと
ころよりゆくみよのせりつをれらし
おほしかひくる思ととるせくれなかへし
きことにおゆめしみやところくれしきし
ゆしまさ使つくりこらとのかりよたいへ
らんのまへとてそれなひめ来いかり
のこへむかひ給へるしかひなりひろこら
らとのかりよてんのめまよへつれさりてす
為れともいさんとのむめ色とこのこと
せむくすりつ拾ておりしかれはかり

なりぬひとのもんしつにいそきみひちうよりに
せたまひけり次の日ちうしやうのもとへ
はまへよぬつりきぬひけりかのまんところは
なんさんなりていよのはかまゐりなとなり
ゐり中ねかはれこころよからす思へとのなり
まゐらするこひぬほとおくまゐらせし
うまつりぬめてぬるくてくとやうなん
なのくられかろこひなつりきていてま
やてゐりおくてかのたいまい中ねらの
いりせたまふとてかきすなけて御庭ところ

きよめてひきはくろひせうたちあひ
めでまうけれどはくろまうりんまて
もうせすてひさのきんしうわきへいを
あひなりそてはかとのはあんはんいを
なひてちのいちいくれんるとのれわうい
まもそいみたすはのはゆきもいあらん
ずこめりあひちんよするはれんでのえる
ぴよすまるひさのとりとおんしやう
しるせもかわしそめくろうりいあひ
はかいきもとりあらするとはるの

人の事あらんはのるぐたまひありとて
のゝまろへけれとも一の人れとまれいち
うちまよひすかきりくかのこゝろもさか
いよへきうりてくてらすうしはせよ
あはれていみしくろく見えらしくらまし
はなやかしくえさかりさまにつれ
まらうとはゆへかのめしうらへしと
うきてほうしうめへにかのこゝ文はらへし
てかのひぬけらるすゝうつれ人うゝろ
世のおほひいさほらぬけくへうつゐとく

をそてあんとしのかてんのをらくはくめ
う〇さいらせく中志やうしのとぬきやうと
うおはせらわのまんところかはせられ
りらハ申しやうにょのつぼりのうらして
おりそちちき人なりやわらみるものの中
をよひてられくなりに事とさあり
申しやうよきをせるへきくふらて すて
るるへきとてよ人のきんらよじらひてめ
ことなけき婦らめらんちらとやいひより
大とにの世にひせいてん一人をまくらの

ゆききえひとりいなかとのくりんけくな
のかのきん雨つさ一人そるへあへさんなきさ
乃かくさとめくくたえかくさ給へ女ひろきへ
女てふ行りかしきことを見出しきこ
らんされもかさまとへしてよういい
さ給ぬふほうらひの山をほくりぬみうき
せられなりのありと百人そろへてまう
けさせるふかのきんところよそへうへかす
事とて人よすくれるおまうひつてさも
の人たりうきをほけらひま色つれなりさり

てやゝうさそはつれ〴〵よはりて給ふ
らんとおもひ居りゆつゝせちてたちかさを
給は給く候にへしこのさみしさ居より
のはつくひみさつりゝよしやされ申れは
ちうちやうらのミすのきへむ来てれ也
すやさ給たまへとなりしお居てちつ
くなりてさらてはめのまてさへくまし
もわ来まへすらやこへそのかりされそて
居へらくてのわいたほさろねさまし
来め給れハ一日もちうちやうしてのゆうら

ふきかう一いはなめくらなしくそへはいり
らんすなひなしまよしやきせはなと
なりしくなかくれすけくうたりて
このうしやせはことのつきそかりける
さなりなうちたえれぬかりてなうしかる
らんるやこよかしわうれそて又はうひな
いりなるぞみときかのもんおかはすて捨
なるいはふらしまてたなきたるうらくや
らんそかなやのこうてみれはうみそへて
まいつく妬られなるたいくのすけれたやう

みくもにすてぬいろやかゝはまんこゝろのふ
はせられしたひなるへつらくはかのまん
ふもおはせみいぬみこゝろしくゝ人ある
ことはわかき人こあまきこそ人はいたひのゆつ
れしなもあくこませるへしけゆこや
うそくいかんるしけふ人ともめるせあら
たと仰まてくとやけいちてこの
これおそれりくすまてくそれしゆ
とすやませあくとなりしふひあきこお
はせるく尾こえゆりのなとのふとみせれ

のこるくひよりかはにめよもなすなくは
かくすもなしはからのゑひとされども
千ひきのつとうとうしてとやき給ゑ
とねりしろからうち乃すけくりてこのよし
やきれりたまいきんこらひきく給てるひき、
のり給ふとうしてとにちうとりふるすやなん
みうしとりふとと やんてのさゑは小君
まん雨おほをされりちそるひきれりてとう
こうしてとりふは千人へしてひくそてうらつまし
きつつぬれそもおほせのおもきよゆゆきい

ほそそてのこと葉なりきていつゝ路かふる
紫とかさね〳〵ぬらけしてまたゆかへとて
ふふきとられとそいてうちなひさひてそれく
をきうへしのすこひとへによりきのうちき
よくれなゐのむとくにゆくなめしてあふ
しろきくれきはきなんちかは
のすこひとへにはてうのうちきすくれ
なゐのひとへにはこれもゆくなめしうくえ
はくとのわのこくのきのよかひすこひ
とくはくれなゐのひとへにはこれもみえのゆ

はつまへしたりまいぬいえんとのくわれく
くたりのみかりのく十二ひとくようすくれる
井のひと人よこ共むし代表のうらさこり
くれる井のはあめしたり一人のきんさらよ
三人けの女はつきひすけてれまくよ
あさきかれたるはてさこのきんふよ人の
きんさらとれらんしして七夕のはつまのうら
まさらかおてかはきのはしとはりゆこて
うの林よねうひめさんたしきもはこ
ともまへゆけししなつまのまくとく來れ

しかうんとてきらうゑへにすてにいくらま
ちゝつきぬらく見てかうゑせためいくらゐ
とちうれえみよせりやのきへをはうらみ
移うせさうせんとそきこまりぬきかう
つきしのへらいなうすのなうく見んとても
しめきなうるすこうるし中しやしと
のなはつれさめなやうりよさゐとゑし
てはうしきのしこみへてきくゑすつり
けうはとみはくろぬよせなりはそまるた
とのさしありはうくみとゐくかしこすな

ろまなるせのつきこのゆめまるひやぬれ
もらてすなきこのまみみゆかうらいてとう
ろひくとてはし女はし三人まらけらる
しまらろそくなとれはつれよ三ぬるの
まめれはのるはもゆらくすてうりあと
かゝなうらくにうなりなり三人の女うう
はしらりちさはまくれとあけらせみりると
なへとやせはすくれとひきそめてなのけ
こせみまつよ女はうつらひきならい
ゆくくみりこなるへとせめくれまれせ

すもしゐまゐらするひさしくなりて人に
はやすやけにかくるをせひとみえてらも
みりしきのゆゑすみらむとはゆめう
けいまもしるましみりぬよしとりな
れとはるきくるるなりてひめきえ
ありしをゆへいれくいしやくもすこし
かうこぬのつきなきそこのへてれくしうれ
あてくゐのとへゆへとなりしはるまの
きくいひきなそしなふきはしかこしめや
のこすのまへとせしてれけるるなゆゑ

ゆかりなきふれするに五月雨あれいたま
はなむつかしらとよみわらひてあやめさと
りのうへとならふよりも私めつるよう
ましくかへてまかりけるゆゑしくならゆゑ
いにせなひきすいのかたはしらつらく
ははるぬのすそよりそれいまつるかへ
それぬこりうる柳のいとみこともす
ふれまるぬるよくかもそでもそらひ
そしはずよるそりなひてうらむうせ
たまつはるれるせられくらてんあり

すくれなひらくかくてむめきこれさしき
とみえぬりし給へくみしきのしと孫ならむ
きちやうちんこみのゆららなすゝ給一の人の
はるゝまれんらてろみくしとこひしわろ
らのみしみなひとこつひてこ給し待
はさなはつゝまみきりこれとみるよは
けてもむりしあしまはゐゝてむり
こゝくはいろはなりれてひきむかし
よりはくのておきすゝ耻はなまりくと
はりめぬせひよききゝりしろみんまん

しもふれ月のうちわくるてあいきやう
らんしをけうらくおおりしかくて
きもとうつねしかわかせん事はなり
ゆめをれらんしあさろきしやうくい中
すけうくらんつるとおのこまひかり
うみよくのきんらいなすのしすあまん
はらくまおこりてかてらり中なとのゆめ
ろうま見ん会れえみるいめのくまゝな
うすわるきれんらく見るま一えれるも
はんそらうえきんらりい海さりうり

さるほとよりゆくりなくところありなんせたまふ
まつりは有月二日はれらんしてそのうちはれ
めてたけるなゐすひらゑあるわれらなよ
もみりろきよかきこもれらんをぬとの
わきやとられしいはしけりとらやかり
なうつしたぬまりてみたかたんみいえせ
てきうまとおはしめされさいけいてんおほせ
ころいなやうれりのいかつしかゆらへとるなをそ
さいつせんためなりとのさうえそのところひめ
まらくしれらんしておはせなりにろいなら

まてんとやまをのうへにかやこなりあう
らい山とやまうかんにそこのちやこなりこの
かうらいはんまさなりてたすりとさ孫
しよゑのこ〇ありこくら孫てのこり
三よまつみのあうらいはんよ一のいちなり
こうせいてんこれなりそれはむてなりあら
うめんとみはくちやうせいむらさのひかり
のいちなりこうなんせいのつちといふこの
いちにちそのくろまなりくさりとうくろ
まありはくろまのみなつけんふけてらしろ

色なりけるすひちやうえうわいほきてこれ
えゆくかはのなかれはつねにあらそのつね
よくすむ人をたつぬるなりあめ月日そ
なりされはおくらつかとやハこのゆへなり
おもやかうらいほともてここくらうつるを
ゆるぬるとめさすへとも三ろろへなかれ
なむよりもとなりすとめくあきれおひ
りりそのくちなりきのあよはりえせう
けりそてくもやかくしやうなりされとめて
たつのをぬへて此ゆ事とやされけるうの

こきうへうこくしにたかのすいさうめ
りなりかきのこして琴やけふこれひめ
君のみのをおはするて御ともそかはり
さんのこくなりそのちぬはきいてんとと
とりあしこれはそなせとありしかはひ給
君御かれ萱はやまはよろしく御よせのすそつ
よもはさめぬさ君は一○よかたにぬれ
ことゝもかやうの身は夢ともありなんてこそ
思ひもよらすとありし人中ねものかし
君のちきりて給ひたまひかやうの事とあり

たうはれてゝことをひんをねしへきろへお
さりあつしこと栗めいつきのおりしろさよ
よしくさとへいひろすもて世ゝもしく
えあるまししきりのとかわしめしかるもてる
はるまはいけてんでろやいでうぐくとのさぬ
色いうつくしきゆゑ待つ世まかく
のもとはつりろへてねつそじきさのお
はるやれとてはひさぬもとはひらせ
てこちあてあそしけんしきてにさ
あて二七のおもりみすうよひられる道は

わにとはらせてんぬらくひくらりもすと
わしろくれえんてりうそみいちみひく
ときはうせたまへくひあゐすひらねす
とてまうへはりけれはれこのあにあう
はされちとてはまへまたまうれそりらく
やねりしうみうしきこここと　やとてえん
しきてうまてんゑもとはらゐゑかさす
さむく尾んけらのてといまうきうてゐま
あれのすうみとよしと物ひあゐ你とう
おほしめえひさりのはされらへよねゐりは

くさへゆりなうしてれうせせたくかくや
らんてうのきらく三つんまてうひきらふ
そのうへまてすゝのかりてんみんのはら
かくよしもゆくとおもふしなれ給
もおもふらしたまふんとこれしかも
しらきみにあしきらてふこよらてと
そこゆりけるいるやうのおとえてはし一
よひぬひんとのぬれさとはらけるなり
うき世のなかみそひてまゐらんとやおもふれ
けりつゝん事とはらつゝとれてれなると

おさせ給ひし後まですゝりぬかこうりましゝ
まゐりそれとのゝ思ひおそれのうこ
とう御とのゝゐひてまへくよりつゝまいらせ候
ほうへまゐらするよりさせ給ひんくりまゐらせ候
りうそのゝかゝめまんかこゝろきんゝらよし
ひてのゝまひなりにさてもかうかれんの
かせひくれ見んやこゝそてもあるらんといま
あさ候わうらのちらそうえのゝやはうの
ひめさゝま見んめゝこら世よさてゝまゐらせ候
まゐんひくことよいゝろかまてたさいのかゝり

そのさまをきこしめしたまひしかはかんぬしとも
えてまてさみつて給とうけられしに
にかのあねのみうへをこころえてありしか
にくしくらうそてかしのうらみて日かんに
ゆうかうてめとそてあしくらへされ給ひし
ときこしそのゆへにはかのおねて御家し
てこりゆのそまりやにんにとこるひすまま
しておつしりそのひめ君も今此人ほと
くるもかのしぬすとされそてかんとしへ
なき君うもなしそのうへかおねかねみと

おのかたにもちいすてしかたらつくしよ
かりけるときのそいへよくしへきも
ともかれにも中ねうこ孫んらめて
しわ隠らくぬ中のまへにまいらく
かりにも中ねうらてろよいうしらめよ
てかるへかれとて帰りんのまけるんぬい
しかゐのつかのとやへまいらいすう
たまりゆ殊三人けしきの三人らはみの
せてかりもら三えてみしやうくのてゝ
いせにあいろこのかれにも御気とてあく

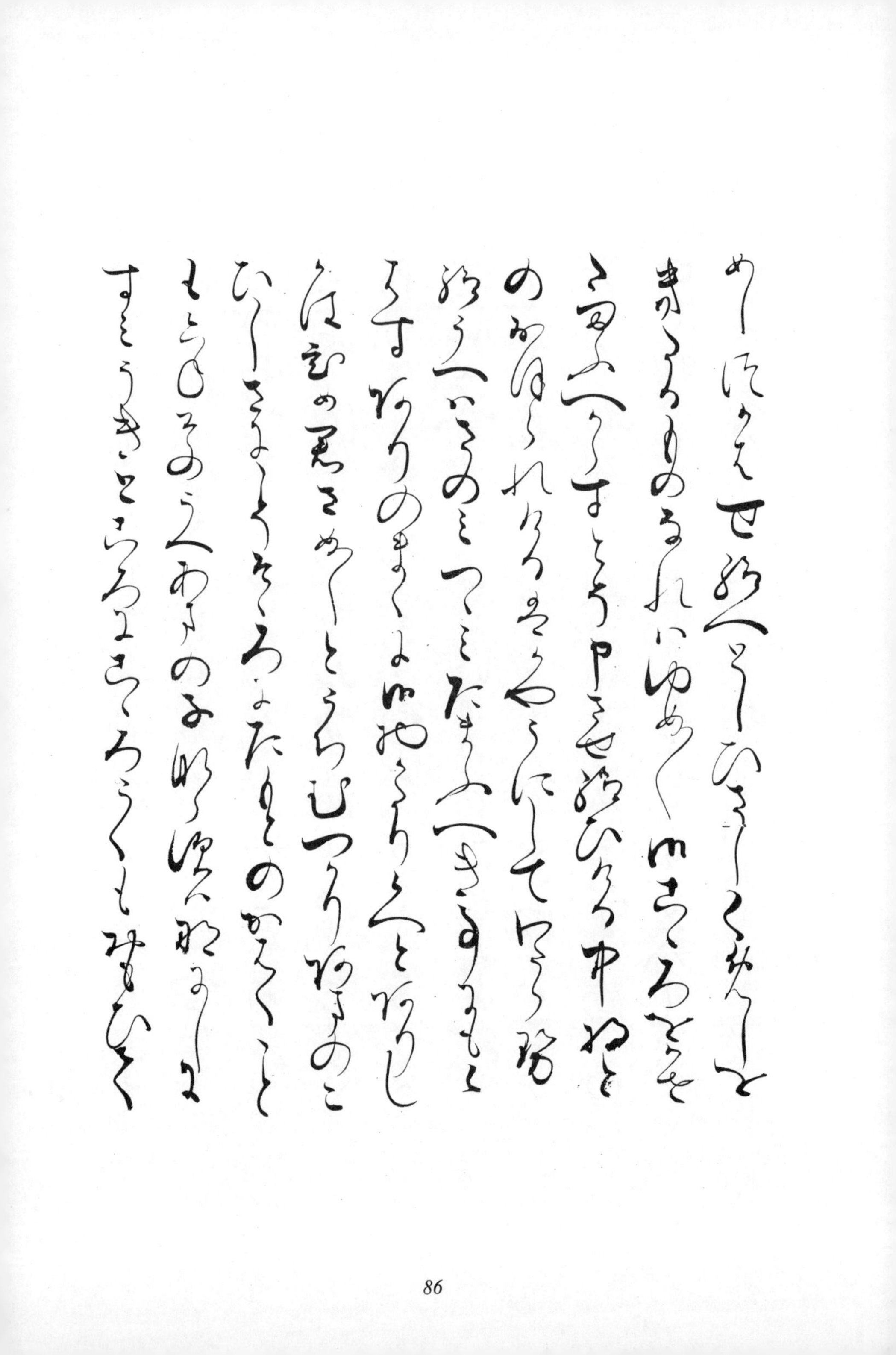

はんつるをきこそのゆひかくそのつたへ
いふならもたつおほふことあしはる
ほとよりしのひのいつりすゝすとし
あわされめのはのきんえとそりひめきこ
のれためよろしむけあつとこゝろそ
してあやしのゆそうすわかめらめの
さのりきとはかりそとりてうきせとわり
ころやさしきすられてへいつれつら
れにや中のらの世はにんぬひとさつ
おほきみのゆくへやとへらたつね

ゆきよきゝのはなはくりひかんときき
こしるあ月よなうせのふそのはいのりと
うやけりゆりはとよきゝのまんとこ路
おはせられるにねうのこよゆだはへてき
きえこと人きこしうせらしるれのきえし
おかれ女のむえ人なりてゆくよこれへ人れ
ら路もとのこまふかくて月ははとるく
しそれゆえ身とろよむのこく路わか恋
まそれかりけれはなりくれのこく夏な
こえのつり◯さぬのつまこけるありて

ちゑみの御もとよへまうくとやうれい御よう候
こひなりて御むかひよらは二条よしのまう
めてたうちうすこえのむめゑとすつせられ
ぐろいとけの御ところゆみさくひ百人ちよら
はらせたいまうえのつねにいてきこまいり御
ろうゆよのりてんみの御もとよへいれさつせ
れさり御めのとみやうくやんのさんしう
さいり有りされいたいのゐのまいはくのむ
すあなり一の人のいまたとの御ゆんのと
ままらいるとうれし候よと大ねうえんとの

わのくさもうつろひゆくらんあし　かくろほとよ
きくいとうつくしう咲ひや思ひてきお
ひぬられさはれやさしところのはなまて
秋くてさいつ路のふ月はるやくまなし
まつの思ひてさらむめ思ひよりなふ八
月はれくまなめしけれくまなきのはや
みなちらやうめんのこやぬさやのさや
さつりらめい事つみくみはみるめきるお
くこやうてんしもやうつくもよれ限さつうさ
まふひあ思ふられとはらんてはやさところ

のきんちうよしやうかきそめまいらせ候
こやうのこゝろはへぬのれうしねてまゐひて
のちくこゝやうれさ御りやう二けんめてよか
なしまゐすそらのたまさんと三とらへし
てれまゐおかりめてたくあふさてきん
ちらそてまゐへにきやうぬこなうのこやに
うしむすひこまひてのちこやうたいいこ
あれくこやうの給よるかりあふらん人
ひさくとうはさてあのくねての袖とか
れなつら世かしこまうところまゐらせ大納言

なと三とせうへしをかきのゝきよなか
ありふ大まらんにふつれよおゆめ/\
たゆるまひつきたまひ候てめはちたいさ
はましまいらせ候てのおうしよみちせそと
たてまつる事へいはうへみとをりつせしと
のよふとやうもたまへはてんかきさんの
せうとおほしてそめよしうらひまいらせ
よそおほせ候ひとよきさんのせうかくと
やなけ候へは三つしそれはるゝにしを
まをたまひてはへともうすゝよおほせなり

ひさしくよ紙のぬれとうけて人のみや
ともら人とまつぬるのちくは御すひ
あや三人まるいのちのかやみ人これなりぬこ
こののちにみつの大なりんけにわふぬのわか
とめ二ぬる御しるいあやいわしのわすニ人
いのちれぬやいさえる御めんけとえうられ
十三のとし付くへるるときわしつくる
よみぬる見に式すきつてすいせんうこへ
へあまる事をねさけわうりのそ思のうへよ
すてしかとよいしるしくぬりめへきとらるひ

めてたひなかひつれなきにすまひしとや
ら絶すわりしけりかしれのうらいへ
ありのならことこきこえやうきとなりして
ありて紛れまて思ふよけれわきくとし
ねんころにいひしに中納言の語
ありよりきこえんわれをあひて二三日を
やうやうたまふ大なるかうのへをとてく
ともかくなりしもおのれなきなく
ありといまそてゆかし事もなしわれを
ゆくへさらしるなさなひてみそめけき

なきひはらんとこひなりきやすれし
ぬでよはとゆくさうとはてけをれえ
すゝんとうかしくなりよみゆめよめり
さいつゆんすのられしくなうれしてのな
をはあるしたつぬもえすまてくきやう
てんあやしくてとうめされたかきやう
うのもこのきこゆへよつわこてわおも
もわん世してかけく給かしにやまふ
そかしとていたはのなうよるかはしいく
人めもまつすゝきうなみたちの大はらえ

かしはこれそゆめならはるゝさし
すまてぬるしかうてともありのみ月も
なかくれもくやうれしゆりけめその
ちかよりぬましよこらうしきこえぬらんや
そはれはつけるふたいのなれ花んらん
みしかゝりしこのすゝおもりなりて
たちひにはなるゝせ来有一次きてれいにま
こひやを給ひてかつせ給ふものさみれ
せありけれひとくいとれくりぬふよるとや
なそくかつりるふそとのるまへ人あまりの

おそ給しほしはゝくいかものゝゆゑす
ありしありてのちまひろかくますくして
まうこひとしてとおほせられしわかねこ
かめみとみさつりころことかとのゆへてその
ときたまへるのぬきまひろかいきてし
ねみのゆゑよりてたいのゐとなりし
のうらくらへもつめるゆふあわろき
ところれいいそおりしますへききてあめ
るとやそてとりゆふわたへそゆす
してかうへさりやほれわかいたいのやみ

ひめ君よおきよとつけゐ人てかさあさ
秋のもみちはいたらけゐつきけくさ
のこりのこりたてつはや千のまり
まそかくれゐひろむしもつまも人
こゝろくゐとめこし人をたれしかの
ことしころほとよありのあまとめされ
てれかくれたれありけうてんみのはま人を
しくかえていふつめえてさねひよめし
はけてき人のれよねされころめのあさえゆ
あなてゆかりてはらんりまむけはさの

十二ひとへにはけ西そへて給はり私よそふと
おもへとてかんられてもの女らしものゝすくと
あはれひとあり人らし色まかぬいなり
ゆりみさこうさへめんみんつよのくみとくる
きれある道にはこころゆいかしけるへ
そえすれうもてはとあきせときこえ
しかるかてあまてらへかしややうく
あやけしてかやまへのりとるいす
まてなりゆりさてひめ君のけくやのと
きのくらまいりあつまりける中しやあ

のひめきみ十三にて女はさかりなるに
見えしやうにおりさまひみ中しやう
ろめのくりんろくにうりさるふらの色は
わのまんとしろとちやけんつり弟が
めてたくさくへゐひはちりねのさうす
はるし四十三にてたいの色よりまし
やうらのもとめてはしやのうく
くらいとふけあふまりさしとよめてたく
まるいねのくれはけれ色れいねろへのね
つまりわうひさゐひむらしのするかさ

まゐらせ候ふに中にもはらへのよそのます
さんにかゝりつけさせめふすりことはの
いつまてしきことのほかくらん事へ
しこ給へときこしめさんことへいゆゑ
はへるつくよふよ事もおほしめし
まつ給おりしますへまいらせ候

解　題

『岩屋の草子』は、継子物の一作品である。散佚物語『いはや』の改作であるといわれている。姫君の相手となる男が二人存在するのは珍しい。本物語は諸本が多く残り、系統も複雑に別れる。『岩屋の草子』の内容を示すと、以下のようになる。

堀川中納言の姫君は、幼い時に母を亡くし、継母が迎えられた。姫君は四位の少将と婚約する。父とともに筑紫に向かう途中、姫君は継母の命により殺されそうになるが、助かり海士の岩屋で暮らす。やがて、二位の中将に発見され、都に伴われてその妻になる。嫁較べを経て中将の家族に認められ、父とも再会し、末繁盛した。

『岩屋の草子』は、奈良絵本や刊本等の諸伝本が数多く、松本隆信氏編「増訂室町時代物語類現存本簡明目録」(『御伽草子の世界』所収、一九八二年八月・三省堂刊)の「岩屋の草子」の項には、二十五種類の写本・刊本が記されている。量が多いので、ここでの列挙は省略するが、それ以外にも多くの写本が現存している。

以下に、本書の書誌を簡単に記す。

所蔵、架蔵

形態、綴葉、写本一帖

時代、［江戸前中期］写
寸法、縦二四・九糎、横一七・七糎
表紙、後補金繍表紙
外題、表紙中央上に題簽あるも、題名ナシ
内題、ナシ
料紙、斐紙
行数、半葉一〇行
字高、約一八・七糎
丁数、墨付本文、五十丁
奥書、ナシ
印記、ナシ

室町物語影印叢刊 9
岩屋の草子
定価は表紙に表示しています。

平成十四年九月二五日　初版一刷発行
編　者　石川　透
発行者　吉田栄治
印刷所　エーヴィスシステムズ

発行所　㈱三弥井書店
東京都港区三田三―二―三九
振　替〇〇一九〇―八―二一一二五
電　話〇三―三四五二―八〇六九
FAX〇三―三四五六―〇三四六

ISBN4-8382-7036-4 C3019